내려놓음, 비움

내려놓음, 비움

지은이 | 이상진

초판 발행 | 2024년 3월 1일

펴낸이 | 신중현
펴낸곳 | 도서출판 학이사
출판등록 | 제25100-2005-28호

대구광역시 달서구 문화회관11안길 22-1(장동)
전화_(053) 554-3431, 3432   팩시밀리_(053) 554-3433
홈페이지_http://www.학이사.kr
이메일_hes3431@naver.com

ISBN_979-11-5854- 488-1 03810

내려놓음, 비움

이상진 시조집

學而思 학이사

세 번째 시조집을 발간할 수 있도록 허락하신 하나님께 영광을 올립니다. 하늘과 땅, 바람과 비마저도 하나님께서 창조하시고 우리의 삶을 인도하십니다.

저의 길을 예비하시고 인도해 오신 하나님의 은혜로 시를 쓸 수 있는 달란트를 받았기에 제 영혼의 모습을 시어로 빚습니다.

제 삶이 얼마나 남아있을지는 하나님만이 아시지만 시간이 허락하는 한 저의 시조를 읽는 모든 이들의 영혼이 맑아지는 위로의 시를 쓰고 싶습니다.

이제 곧 화사한 벚꽃이 필 것입니다. 이 환한 봄날에 꽃잎들이 나비 되어 날아가서 온 천지 생명들을 손짓하며 깨울 것입니다.

믿음의 동역자인 나의 비둘기, 사랑하는 아내와 함께하는 기도로 두 아들의 가정에 귀여운 손자 로이와 태양이가 올해 초등학교 입학함을 축하하며, 귀여운 손녀 은별이도 말씀 안에서 잘 자라고 있어 다음 세대를 바라보면 마음이 늘 기쁩니다.

　　산수傘壽의 연세이심에도 저의 세 번째 시조집을 축복하며 작품 해설을 주신 리강룡 장로님께 감사드립니다.

2024년 봄
상선약수마을 숲길에서
이 상 진

차례

3부. 있을 때 잘해

1부

살아가는

힘

병에 담은 눈물
- 시편 56:8

아프고 서러움에 흘렸던 눈물방울
한숨과 탄식 담긴 억울함 그조차도
주님은 내 편이 되어 상한 마음 싸매신다

슬픔을 아뢰는 날 가슴 치는 이들에게
숨죽여 참지 말고 큰 소리로 울라 한다
눌림도 고통마저도 회복되는 은혜의 시간

위로자 된다는 건 우는 법을 배우는 것
온밤을 지새운 새벽 기다림 배우는 것
하나님! 나의 눈물을 주의 병에 담으소서

마음 비우기

비어서 안정되고 비어있어 편안하듯
온전한 마음 한켠 비우기가 어렵지만
마음을 비워둔 곳에 내려앉는 충만함

선택의 순간

선택의 순간에는 간절함 필요하다
일상의 모든 것은 선택의 연속이듯
그래도 알 수 없을 땐 산책길을 나서라

선택의 순간에는 용기가 필요하다
행하지 아니할 때 아무것도 얻지 못해
하나를 내려놓아야 다른 하나 얻는 법

선택의 순간에는 받아들임 필요하다
발밑의 돌부리는 보이지 아니하듯
이 세상 모든 것들이 지나간다 이 또한

우리는

우리는 살아있기에
치열하게 대립하고

우리는 함께 있어
서로를 의지한다

때로는 천둥소리 같은
심장박동 들으며

새벽기도

새벽은 변함없이 내게는 특별하다
모두가 잠든 시간 하루가 시작되는
아침을 밝히는 소리 발걸음이 가볍다

일상에서 좋아하는
할 수 있는 일들마저
꾸준히 지속하면 유익함 다가오듯
첫새벽 경건의 시간 성령으로 충만해

고궁의 창

고궁의 붉은 벽돌 낯선 창 하나 있어
저 너머 비원에도 흔적이 남았을까?
시선은 마음을 따라 역사 속에 멈췄다

북악은 흰 바위로 노송을 간직한 채
비바람 산새 소리 때로는 말발굽 소리
긴 세월 백성의 애환 느볏느볏 들린다

포란반抱卵班

"자식은 내 곁에 잠시 머무는 귀한 손님"
온전한 홀로서기 그때를 기다리며
언젠가 둥지 떠남을 전제하기 때문이다

떠날 줄 알면서도 몸에 난 깃털 뽑아
따뜻이 품으려는 어미 새 본능처럼
한없는 부모의 사랑 눈시울을 적신다

아버지

힘들고 괴로울 땐 큰 나무 그늘로 서서
언제나 가족들과 함께하신 아버지
내게는 큰 산 같으신 큰 바위와 같으신

자식이 키가 커도 아버지를 올려보듯
언제나 존경으로 내 마음 채우신 분
마지막 그 백발까지 자식 위에 얹으셨네

어릴 적 좋아했고 커서는 위로받아
마음껏 날아봐라, 날다가 떨어져도
언제든 잡아주시며 그 믿음을 주신 분

두 팔로 띄워주고 말처럼 등에 태워
때로는 등에 업고 옛 얘기 들려주신
세상에 가장 다감한 나의 아빠 내 친구

달란트

타고난 재능이며 경험과 능력들을
이웃에 배려하는 그 마음 있긴 한가
사랑을 주기 전에는 사랑이라 못 하듯

오늘도 흔들리는 만원滿員의 지하철에서
내 삶을 균형 잡으며 일터로 나설 때에
어쩌랴, 하고 싶은 일 해야 할 일 그 경계

내게 있는 은사恩賜들을
남 위해 사용할 때
만족과 기쁨마저 진가가 발휘되듯
너와 나 받은 달란트 서로를 위해 살아야

내려놓음, 비움

살아온 시간보다 살아갈 시간들이
어쩌면 더 적을듯한 그 경계 삶 속에서
조금씩 내려놓을 때 아, 비로소 보입니다

온종일 생명체에 빛과 열 나눠주던
태양도 하루 끝에 지평 넘어 쉬러 가듯
인생의 노을이 올 때 평온한 맘 됩니다

아침의 출근길
한낮의 삶의 무게
뭐 그리 여유 없어 하늘을 잊고 살아
찬란한 별이 뜨는가 경건한 밤 옵니다

더 많이 갖기 위해 더 높이 오르려고
한 치도 빈틈 없이 치열하게 살아온 삶
더 비움 은발銀髮의 지혜 다가섬을 봅니다

배려

'죽어라 노력하고 애써도 안 되는 일'
이 세상 무엇 하나 쉬운 게 없는 삶에
성장통 상처투성이 너나없이 겪었듯

때로는 격려의 말 기대의 함축 속에
아뿔싸 숨 못 쉬게 부담 되어 돌아오는
죄책감 어디 없으랴 살얼음판 걸어왔다

'깨져도 괜찮으니 마음껏 쓰라' 하신
'알아도 모르는 척 묻지 않는 배려' 속에
그 말씀 어찌 잊으랴
마음 깊이 새긴다

씨간장

한 방울 간장에도 풍미가 달라지듯
긴 숙성 발효의 시간 깊어진 감칠맛에
먹빛의 시간을 뚫고 씨간장이 되었다

막 담근 햇간장도 숙성된 청간장도
세월을 묵힌 간장 씨간장에 겹장하면
비로소 깊은 진간장 음식 맛을 내준다

어머니

어머니는 자식에겐 날마다 뜨는 태양
행성이 제 궤도를 이탈하지 않고 돌듯
헐벗은 내 영혼 가득 위로해 준 어머니

들일 나간 어머니를 온종일 기다리다
황혼빛 사라지고 땅거미 들어앉으면
저녁밥 그때야 안쳐 한밤중에 밥 먹던

남루와 시련들을 참음으로 견뎌오신
언제나 다정다감한 한없는 그 사랑으로
한 세상 휘둘림에도 맞설 힘을 주셨네

세모 유감

한 해의 끝자락에 서 있는 나를 본다
눈 깜짝 섬광처럼 일 년이 지나갔다
어쩌랴 또 맞는 새해 여유시간 있긴 한가?

그렇게 애태우며 고통의 시간 속에
수많은 염려들이 어깨를 짓눌러도
꿋꿋이 다시 일어나 걸어오지 않았나?

이제는 내려놓고 이웃에게 다가가서
나누고 공감하며 지금을 함께할 때
넘치는 감사함으로 내일 향해 걷는다

반전

사람은 누구든지 완벽하지 아니하다
부족한 그 부분을 채우면 되지 않나
긍정은 나를 새롭게 성장시키는 힘이다

자존심 상처들을 한 번쯤 겪게 된다
무시를 당할 때면 온 밤이 고통이나
아픈 만큼 성숙한다는 반전 또한 있잖은가?

부족을 인정하고 그대로 수용하며
자신의 소질들을 충실히 채워갈 때
더 나은 삶을 향하여 행복의 길 열린다

비등점

마지막 남은 고지
눈앞에 남겨두고

포기냐 정복이냐
그 한 끗 차이 속에

결국은
임계 비등점
마지막의 1도 차

살아가는 힘

우리네 삶이란 공평하고 예외 없어
어제와 오늘이 끊임없이 교차된다
그사이 기쁨과 슬픔
균형 찾아 앉는다

땅과 하늘 환한 봄날 축제인 양 불 밝히던
바람에 봄비에 맞아 벚꽃마저 흩날릴 때
세상의 모든 현상은 때가 되면 일어난다

이 순간 어려움도 행복들을 떠올리며
소환될 지난 추억 마음 깊이 간직할 때
오늘을 살아가는 힘 '사랑한다' 그 한마디

밤, 회복의 시간

지구가 자전으로 반 바퀴 돌 때마다
밤이란 제 그림자 속에 잠기는 시간이듯
오늘도 일손을 놓고 편안한 밤 맞는다

사막을 한낮 동안 불덩이로 데우다가도
밤이면 은하수와 별들이 쏟아지는
몽골 땅 게르 속에서 유목민이 잠들듯

어쩌면 밤은 또한 은신처를 제공한다
저 혼자 오롯함의 시간을 간직한 채
회복과 충전의 기회
새로운 삶을 꿈꾸며

가족

힘들고 지칠 때면 언제나 다가와서
든든한 응원자로 따뜻이 손잡으며
'괜찮아! 넌 할 수 있어'
새 힘을 주는 나의 가족

결핍과 나의 허물 유치함도 덮어주며
서로가 위급할 때 울타리 되어 막아주고
진정한 모습 그대로 받아주는 안식처

가족은 나의 못난 모습을 용인하고
성찰의 과정을 통해 개선 방향 들려주며
애정과 진심을 담아 함께 우는 그런 관계

치매

기억의 상실감에 궁극엔 나를 잊는
최근의 경험부터 하나씩 지워버려
치매는 '영혼의 정전' 머릿속의 지우개

딸에게 '댁은 뉘시오?' 억장이 무너진다
매사에 힘이 들고 번아웃 되기 전에
인간의 마지막 존엄 지켜야만 하는데…

이방인 느껴질 때 숲길 찾아 걸어보며
새소리 바람 소리 물소리도 들어볼 때
노년에 뇌를 건강히 회복하며 살아야

2부

헹가래

틈새

돌담이 비바람에
무너지지 않으려면

바람이 지나가는
작은 틈새 필요하듯

매 순간 삶의 지혜로
쉬는 공간 두세요

매듭

매듭을 잘 지으면 끈은 더 강해진다

살아가는 길에서도 매듭 없이 의미 없듯

이따금 매듭을 줘야 방향성을 찾는다

오늘과 내일이란 차이 또한 별로 없어

하루가 그냥 지난 그 경계일지라도

매듭을 잘 지어야만 강한 긴 줄 만든다

매듭을 짓는 일을 게을리하는 일상

현재의 나의 위치 가늠을 할 수 없듯

인생이 강해지는 법 매듭 하나 잘 짓기

헹가래

헹가래 친다는 건 신뢰의 상징이다
띄워진 사람이나 띄워주는 사람이나
믿음이 있어야만이 가능하기 때문에

얼마큼 올라가고 안전하게 내려올지
서로에 대한 믿음 교차되는 순간에서
아뿔싸 치명적 낭패 곤두박질 당한다

누구와 헹가래를 칠 것인가 결정할 때
아무런 의심 없이 내 몸을 맡길 건지
선택의 순간순간마다 둘러보는 내 마음

제주 해녀

심해에 몸을 던져 강한 수압 견뎌내며
깊은 숨, 깊은 바다 그 고된 물질 작업
대상군大上軍 휘파람 소리 제주 바다를 덮는다

척박한 제주 바다 파도 앞에 맞선 일상
뭉툭한 할망의 손 자식들 키워내어
마침내 바다의 왕으로 푸른 밭을 일군다

행복론

나무는 오로지 생명을 유지하려
땅속의 물을 올려 잎과 꽃을 피운다
생존에 필요한 물은 순수하고 검박하다

우리가 마신 물은 어떠한지 살펴볼 때
체면과 쾌락 위해 마시고 또 마시니
마시지 않아야 할 물, 눈치 보며 마셨다

가진 게 없어지니 잃을 게 없는 삶에
행복은 물욕만이 모든 게 아닌 것이
과욕을 버리는 삶에 청빈함이 답이다

생각의 힘

세상의 모든 것은 작음에서 시작된다
키 작은 씨앗에서 싹이 자라 나무 되고
빗방울 함께 모여서 큰 강물을 이루듯

한 걸음 한 걸음이 천 리에 다다르고
점 하나 모이고 모여 긴 줄로 이어지듯
사소한 실천이 모여 큰 열매를 거둔다

이룸의 과정에는 실패가 전제된다
걸음마 배울 때면 무르팍이 깨어지듯
소소한 일상 속에서 생각의 힘 자란다

산을 오르며
- 등산은 왜 하나?

"다시는 절대 안 해 내가 하나 두고 봐라"
온종일 등산한 후 하산 길에 하는 푸념
왜냐고? "산이 그곳에 있기 때문" 이던가

발끝의 돌멩이와 휘감기는 넝쿨 잎에
한 발짝씩 고도 높여 가쁜 숨도 몰아쉬며
고통을 참고 참은 뒤 '해냈다' 는 그 느낌!

복된 삶

행복은 소유보다 경험을 쌓는 여정
일상을 균형 있게 치우침 없게 하며
감사의 돛을 올려서 순항하는 항해술

마음이 무거울 때 평정심 흔들릴 때
초심을 돌아보며 여유를 찾는 시간
움킨 손 내려놓으면 내 영혼이 편안해

채움의 마음보다 나누는 사랑의 힘
이웃과 함께하는 소박한 작은 배려
성숙한 관계의 힘은 품격 있는 복된 삶

습관의 힘

꿈과 현실 중에 무엇을 선택할까
선택은 둥근 동전 양면과 같음같이
하나를 원한다면야 다른 하나 버려야

일상이 녹록잖은 우리네 삶 속에서
선택은 고달프고 힘들지 아니한가
선택을 않아도 되는 꾸준함을 지켜야

훌륭한 운동선수 매일 뛰는 도전 속에
휴식과 연습 사이 고민하지 아니하듯
결국은 습관의 힘이 신기록을 세운다

회복, 마지노선

더는 허락 안 된 넘어서는 아니 되는
피 닳는 아픔의 그 어떤 공격에도
이겨낼 강한 믿음의 마지노선 있는가

"기회는 평등하고 과정은 공정하며
결과는 정의로운" 그런 세상 있긴 한가
우리의 일상 속에서 지켜야 할 경계선

혼돈의 회색 사회 윤리와 상식 잃어
어느새 구획마저 사라진 이 시대에
또다시 회복을 위한 실마리를 찾는다

꿀잠

우리말 특징 중에 아름답고 소중한 것
해·달·별·강 숲·산·꽃이 모두가 한 글자다
하늘이 거저 내려준 선물이기 때문이다

새들은 하늘 향해 싸우지 아니하고
물에게 물고기는 싸우지 아니하는데
왜 우린 안식도 없이 잠과 함께 싸울까?

지친 몸 지친 영혼 회복이 필요할 때
"사랑하는 자에게는 잠을 달게 주시도다"*
오늘도 꿀잠 속으로 나를 인도하소서

* 시편 127편 2절.

나이 듦의 의미

나이가 든다는 건 경험이 많다는 것
행복의 지름길과 실패의 아픔들을
들려줄 마음의 여유 준비되어 있는 때

삶 또한 진솔하게 욕심을 비워가며
시간을 가치 있게 우선순위 둘 줄 알아
세월의 흔적마저도 깨달을 수 있는 나이

마음이 늙지 않는 열정을 간직하고
자신과 이웃들을 진심으로 사랑하는
황혼도 노년다울 때 한 생애가 빛난다

삶, 여유

탄생의 숨소리는 봄과 함께 들려온다
생명만큼 중요한 게 그 어디 있을까요
연초록 작은 잎새에 날개 하나 돋는다

푸른 잎 나래 위로 자유가 꿈틀댄다
하늘 위 가지 끝에 구름이 걸려있네
바람도 막히면 그저 돌아가는 수밖에

여유는 비움에서 나온다는 이치를
바람이 스쳐갔던 대숲에는 소리가 없듯
인생을 흘려보낸다 여유롭게 유연히

언어

똑바로 읽어보고
거꾸로 읽어봐도

별똥별 우영우
이런 낱말 너무 많아

우리말 넉넉한 표현
미소 가득 번진다

삶의 지혜

이겨낸 모진 풍파 굵게 패인 이마 주름
흰머리 숫자만큼 내 여로旅路 알려주듯
오늘도 삶의 지혜를 알아가는 과정 중

이웃과 부딪히며 내 언성 높아질 때
갈 길이 다르다고 느끼는 그때마다
이럴 땐 '안녕' 이라고 인사 한번 건네보자

고통의 힘겨움은 욕심에서 생겨나고
집착의 굴레마다 엉키듯 꼬인 마음
풀어낼 삶의 방정식 내려놓는 빈 마음

창호지

문과 창에 창호지를 기름 먹여 붙여놓고

눈보라 거센 날엔 시름도 잠재우듯

한겨울 칼바람이 와도 거뜬하다. 따숩다

친구

우리는 혼자서만 살아갈 순 없잖은가
힘들 때 외로울 때 기쁠 때나 슬플 때도
친구는 내게 소중한 참 든든한 버팀목

혹독한 궁핍에도 늘 곁에 다가와서
"이 또한 지나간다" 희망을 들려주며
다 함께 더 멀리 높이 나아갈 수 있듯이

세상을 살아갈 때 감내하기 어려움도
소중함 내어주고 위로자 되어주는
언제나 삶의 궤적 속 별빛처럼 빛난다

배움의 길

살아갈 의미들을 유심히 들쳐 보면
많이 보고 경험하며 깨달아 나아갈 때
살아온 힘든 고생도 가치 또한 커진다

결국은 그 의미가 사람답게 살아가는
내 삶이 아름답고 행복한 길이기에
오늘도 평생 학생이 되어야만 하는 이유

사과

사람은 누구나가 잘못을 저지른다
배운 자 높은 지위 실수는 있긴 하지
때늦은 면피성 발언 운명 또한 가르듯

에둘러 회피하듯 그런 생각 아예 말고
어떻게 대처할지 빠른 해법 제시할 때
진심을 담은 사과라야 움직이는 힘 있다

너의 꽃자리

햇볕이 여름에는 고역이라 말하지만
겨울엔 우리에게 고마운 존재이듯
이렇게 우리의 삶도 비슷하지 않을까?

끝나지 않을 듯한 힘겨운 시간들도
세월이 흘러가면 어느덧 사라진다
인생도 구불구불한 곡선에 더 가깝지

남들은 행복하고 나만이 불행일까
그러나 알고 보면 그들 삶도 나와 비슷
당신의 앉은 자리가 바로 너의 꽃자리

3부

있을 때 잘해

사랑의 힘

통곡과 절규마저 사무치는 공간에서

평온한 마음으로 이길 힘 있긴 한가

살아갈 소중한 지혜 사랑의 힘 그것뿐

마라톤

혼신의 힘을 다해 달려가는 무리 보라
숨죽여 지켜보는 눈빛들이 애처롭다
나와의 지루한 싸움 결승선은 어딘가?

주저앉고 싶은 마음
그때마다 "난 할 수 있어!"
의지를 불태우며 이 악물고 질주할 때
이겨낸 인간의 한계 그 도전을 보았다

삶

여로를 가노라면 비바람은 항상 있다

비 오지 아니하고 맑은 날만 이어질 때

어느덧 비옥한 땅도 사막으로 변한다

김장 단상

노오란 배춧속과 검붉은 고춧가루
곱게 썰린 무채 더미 비린내 나는 젓갈
감칠맛 마늘과 생강 레시피가 다 모였다

추위로 빨개진 코 목에 수건 둘러매고
옹기종기 모여앉아 분주한 손길들이
절인 잎 사이사이로 양념 가득 부빈다

김장은 고된 노동 섬세한 손의 기술
한국의 전통의 맛 행복 유산 이어갈 때
김장독 땅에 묻으며 환한 미소 짓는다

있을 때 잘해

한 치 앞 모르는 게 우리의 인생 여정

언제나 중요한 건 지금이고 바로 여기

늦기 전 말해주세요 "사랑합니다" 그 한마디

설 떡국

설날 아침 깨끗하게 손질한 설빔 입고
차례와 세배하며 덕담도 나누면서
설 떡국 한 그릇 비워 나이 하나 먹는다

우리네 민족의 설 조상을 기억할 때
경건한 축복의 통로 마음을 환히 비춰
다정한 소망을 함께 오순도순 나눈다

해마다 나이 드는 서글픔도 있긴 하나
비껴갈 도리 없어 덤덤히 수용하며
인생은 익어가는 것 그러려니 반긴다

수 싸움

비장의 수읽기란 싸움은 단 1회뿐
하수는 싸운 다음 이기려 덤벼들고
고수는 이긴 다음에 싸운다고 하던가

눈빛

눈에도 빛이 있다 눈빛을 곱게 하면
세상에 돈 없어도 할 수 있는 큰 나눔
따뜻한 청안의 눈빛 세상이 더 따뜻해

눈빛엔 눈독, 눈총, 눈살이란 말도 있지
상대방 무시하는 백안시도 있다는데
무시란 모멸감 또한 마음에 더 상처 주듯

마음의 상태까지 비춰주는 눈빛 속에
아름다운 마음 담아 따뜻함 내보낼 때
눈이란 마음의 창에 그 의미를 담았다

뜀틀 운동
- 도움닫기 도전

도저히 못 할 것 같고 하고 나면 죽을 것 같은
그러나 어쩔 수 없이 해야 할 순간들이
결국은 그 아찔함도 내 경험이고 자산 된다

열심히 하다 보면 어느 순간 해내듯이
그러니 포기 말고 끊임없이 반복 도전
뜀틀의 도움닫기는 시간이 필요하다

더 높이 멀리 뛰게 속도도 붙여가며
발 굴려 손 짚으며 공중 동작 균형 잡아
팔 또한 앞 옆 위로 들어 착지 또한 사뿐히

여유

가슴이 먹먹하고 앞날이 막막할 때
일상은 어제오늘 근심과 한숨거리
하늘을 바라보세요 푸른 희망 보입니다

우주의 생성 나이 수백억 년이라는데
여기에 견준다면 찰나보다 짧은 삶에
시야를 넓혀 보아요 샘솟는 여유 있어요

삶이란 짧을수록 순간마저 소중하듯
하루살이 한나절은 그 얼마나 절절한가
우리는 자신을 사랑할 시간 너무 짧아요

프로
- 노력의 절박함

"프로는 시간을 잘 경영하는 사람이다"
호수에 유영하는 백조의 우아함도
아는가, 발밑의 갈퀴 끊임없이 움직이는

모델은 혹독하게 식단을 조절한다
원하는 옷을 입으려 인내하며 견뎌내듯
프로란 '그냥' 이라는 가벼움이 아니다

하루는 모두에게 똑같이 주어지나
열정과 치열함의 과정 또한 서로 달라
결국엔 시간의 열매 평등하지 않듯이

청라언덕

청라언덕 문득 걷다 발길을 멈춰 서면
저 멀리 하늘빛도 매 순간 변화하듯
동성로 젊음의 거리 반갑고도 낯설다

길에서 우연히 만난 능금빛 순정들이
저마다의 개성으로 패션 감각 뿜어대며
'와 카노?' 대구의 방언 정겹게도 들린다

달구벌 푸른 언덕 담쟁이덩굴 줄기처럼
투박한 뚝배기 같은 큰 나무 키워내어
오늘도 '동무생각' 의 가곡 힘껏 불러 본다

병어조림
 - 신안 중도에서

감자꽃 필 무렵엔 바닷물이 요동치듯
남해의 병어들이 북상을 시작한다
해마다 자연의 이치 경이롭기 그지없다

섬과 섬 갯골 따라 황해로 이동할 때
들물과 날물에 맞춰 닻자망 그물 내려
어부는 퍼덕거리는 은빛 병어 올린다

여름으로 가는 길목 감자 씨알 굵어질 때
감자, 병어 납작납작 양념 올려 조림하면
두툼한 병어 살 진미 고소하고 맛이 달다

보리차를 마시며

한겨울 거실에서 장작 난로 피워 놓고
해묵은 주전자에 팔팔 끓여 우려내면
구수한 보리차 향이 집안 가득 퍼진다

뜨끈한 군고구마 모락모락 김이 날 때
온 가족 둘러앉아 동치미 국물 마셔 보듯
보리차 좋아지는 건 입맛도 나이 드나

이제는 느긋하게 외손자 안아주며
향내를 우려내는 시간을 기다릴 때
고향 집 따스함의 추억 그리움을 더한다

찰옥수수

담백한 맛과 함께 톡톡 터지는 식감으로
여름철 별미이듯 사랑받는 찰옥수수
어릴 적 보릿고개 시절 허기진 배 채웠지

여름밤 멍석 깔아 밤하늘 별을 헤며
갓 쪄낸 아롱진 알 오독오독 맛을 보며
옥수수 하모니카를 불러 보는 그 재미

한여름 뙤약볕에 당도를 높여가며
척박한 토양에도 거뜬히 잘 자라서
친숙한 간식의 추억 쫀득한 맛 일품이지

상선약수 上善若水

강물은 막힐 때면 돌아서 흘러가고
웅덩이가 깊을 때면 채워서 길을 내듯
"물처럼 산다는 것이 가장 멋진 삶이다"

물은 늘 구분 없이 유연하게 적응한다
둥근 그릇 모난 그릇 어디에나 찾아가서
기꺼이 낮은 곳으로 귀천 없이 담긴다

실개천 작은 물이 흘러서 대양이 되듯
봄·여름 가을·겨울 사계절을 가림 없이
바다는 포용력으로 이 모두를 품는다

생존법
 - 나미브사막 거저리

나미브사막에서 거저리*의 절박한 삶
밤이 되면 모래언덕 꼭지에 기어올라
먼바다 저쪽에서 오는 바람을 기다린다

안개를 실은 바람 스멀스멀 불어올 때
드디어 때를 맞춰 물구나무서기 하면
낮과 밤 극한 교차로 생명수를 얻는다

사막은 외로움과 막막함의 상징이듯
가혹한 생태환경 그 어떤 상황에도
기업은 생존의 지혜 자연에서 배운다

 * 거저리: 딱정벌레목 수시렁잇과 벌레를 통틀어 이르는 말.

곰취 김치
- 팔공산 비로봉에서

달구벌 하늘정원 비로봉 가는 길에
산 높고 깊은 골 가려 모여 앉은 곰취 가족
팔공산 능선 길 따라 봄볕 쬐며 자란다

야생 곰취 한 묶음을 한나절 채취하여
곰취 김치 양념 레시피 별미를 떠올리며
셰프는 분주한 손길 주방으로 달려간다

끓는 물에 살짝 데쳐 꼼꼼히 씻어내고
천일염 절임 후에 채반에 물기 뺀 후
양념을 고르게 발라 곰취 김치 담근다

딱 한 끼 먹을 만큼 한 접시 담아내어
뜨신 밥 한 수저에 곰치 김치 척 올리면
쌉싸름 곰취잎 향이 입 안 가득 번진다

대들보

한옥은 나무만으로 짜 맞춘 목가구조木架構造
대들보는 그 가운데 가장 크고 튼튼한 보
세상의 훌륭한 인재 동량棟樑이라 일컫다

중보 종보 소꼬리보 둥그런 홍예보며
비단에 상량문上樑文을 마룻대에 봉안할 때
상량식 성대한 정성 천년 한옥 품었다

조화와 공존

옛것과 새것들이 공존하면 아름답다
옛것은 정취가 있고 새것은 편리하듯
아우른 우리의 멋이 절묘하게 얽혔네

옛것만 존재하면 적막과 고즈넉함
새것만 주장할 때 화려하나 멋이 없네
옛것과 새것이 얽혀 아름다운 공존이다

옛것은 잘 숙성된 감칠맛 나는 장국 맛
새것은 변화 속에 두려움 불러오나
삶 속에 조화와 공존 그게 바로 발전이다

4부

떨켜

물까치

긴 꽁지 하늘색
연미복 걸쳐 입고

머리엔 비니 모자
깊숙이 눌러썼다

멋 또한 잔뜩 부리며
포롱포롱 날고 있다

귀촌 풍경

논에서 수확 중인 콤바인 하베스터*
기계음 크게 내며 조금씩 굴러가면
뒤로는 황금 볏단이 쓰러지며 쌓인다

하늘은 푸르르고 빛살 또한 고운 들녘
한여름 뙤약볕에 무수한 손길 있어
농부는 풍성한 열매 기쁨으로 거둔다

시골길 지나가다 이웃을 마주치면
가볍게 인사하며 안부도 묻곤 하는
귀촌한 나 자신에게 '참 잘 왔다' 말한다

* 콤바인 하베스터: 곡식을 베는 일과 탈곡까지 겸하는
종합 수확 기계.

석화石花

추위가 뼛속까지 스며드는 겨울바다
온종일 썰물 때를 기다리던 바로 그때
아낙은 조새*를 들고 갯바위로 향한다

바위 굴 오밀조밀 들러붙은 굴 패각이
꽃이 핀 모습 같아 석화라 이름했나?
온종일 따각따각따각 굴 쪼는 손길 바쁘다

자장가 섬 집 아이 눈물샘 소환하듯
섬마을 하루 양식 엄마의 삶의 터전
바위에 부딪힌 파도 흰 포말로 부서진다

* 조새: 쇠로 만든 갈고리. 굴을 따거나 까는 데에 쓰인다.

80

갯국

매서운 바닷바람

거뜬히 이겨내고

서귀포 해안 따라

옹기종기 모여앉아

소복이 노랑꽃 피운

한겨울의 봄소식

입춘

- 대구 앞산에서

노루 꼬리만큼 하루해가 길어지고
응달진 골목길에 햇살 한 점 안겨 올 때
대한大寒은 저만큼 가고 우수 경칩 지척이네

새해의 첫째 절기 새봄의 시작이다
부지런한 달래, 냉이 빼꼼히 눈을 뜨고
풀섶엔 어린 초록들 새 생명이 잠 깬다

물오른 여린 초목 파릇파릇 환한 봄날
향긋한 쑥 내음도 고운 흙에 묻어나고
머잖아 저 돌담 아래 수선화꽃 피겠다

봄이 왔다

혹한을 견뎌오던 청매나무 가지마다
간밤의 봄바람에 꽃망울 터뜨릴 때
청매화 맑은 향기가 천지간에 퍼진다

볕 좋은 정오 한낮 세상이 소란하다
꿀벌은 잉잉대며 이 꽃 저 꽃 넘나들고
저 남쪽 다랑이논엔 아지랑이 피것다

씀바귀 땅을 뚫고 노랑 꽃 피워낼 때
새들은 더 힘차게 공중을 활강하고
숭어는 바닷물 위로 펄떡이며 뛰논다

청보리밭

한줄기 봄바람이 들판을 내달리면

오월의 푸른 깃발 온몸으로 비벼대고

청보리 이삭 수염이 생명력을 뽐는다

소나무

척박한 땅 위에서
비바람 견뎌내며

묵묵히 제자리에
푸르름 잃지 않는

그 기상 모진 생명력
할배 얼굴 봅니다

봄비

보슬비 내린 들녘 물안개 번져가고
빗방울 토닥토닥 동심원 그려갈 때
연못엔 청개구리의 목청소리 드높다

토란 잎에 댕그르르 물방울 굴러가고
수초 잎 송사리 떼 줄지어 헤엄칠 때
비 젖은 청실잠자리 가지 끝에 앉았네

실개천 언덕에는 민들레 방긋 웃고
부들 끝 참새 앉아 짹짹짹 노래할 때
잠을 깬 땅강아지도 흙을 일궈 일한다

잣밤나무

잣밤나무
실
뿌
리
는
하늘 향한 그 키만큼

땅속에
깊
이
뻗
어
견고하게 서 있듯

덧없는
괴로움마저
사
려
깊
게
헤아린다

떨켜

나무는 '떨켜' 로서 잎과 이별 준비한다

삶의 끝 아니라고 새순 꿈 품었다고

혹독한 눈보라 때도 푸른 희망 보라 한다

섣달그믐

한 해의 마지막 날 송구영신 마음들이
온 가족 둘러앉아 묵은 때도 씻겨주며
등잔 켠 섣달그믐날 새해 맞을 준비한다

섣달은 삼백예순 한 해를 다 보내고
설날을 맞이하는 '서웃달' 뜻을 담은
어감도 다정하여라 선현들의 지혜 말

그믐은 보름달이 차츰차츰 줄어들어
어여쁜 눈썹처럼 가늘게 사라지듯
우리말 '사그라지다' 정서 담긴 고운 뜻

새벽닭 울 때까지 졸음도 이겨내며
옛것은 담아두고 새것을 마련할 때
저마다 새해를 맞는 다짐들이 옹골차다

서설瑞雪

눈 내린 이른 새벽
온 세상 평화롭다

창밖의 겨울나무
하얀 옷 둘러 입고

뜨락엔
까치 발자국
또박또박 새겼다

봄동

한겨울 눈발 아래 파묻힌 납작 배추
쓴맛이 날 것 같은 그런 짐작 와닿지만
오히려 반전의 역설 향긋함을 품었다

겨울이 추울수록 영원히 오지 않을
희망도 희미할 때 그래도 봄은 오지
사계절 시간이 하는 모든 일이 그랬듯

새봄을 가장 먼저 알려주는 봄동 채소
달큼한 향과 함께 아삭한 맛 일품이다
겨울이 혹독할수록 희망 잃지 않는 맛

정월 대보름

새해의 첫 보름날 밤하늘에 뜨는 별 꿈
두둥실 앞산 위에 쟁반 같은 달이 올라
다정히 온 세상 향해 얼굴 환히 비추네

대보름 오곡밥은 풍년의 염원을 담아
조·팥·콩, 찹쌀·수수 정갈하게 솥밥 지어
이웃과 정담 나누며 동네잔치 벌였지

호두와 땅콩·날밤 '딱' 하고 깨물면서
한 해를 국태민안 평안을 기원했네
세상의 나쁜 액을 쫓아내는 부럼 깨기

보름달 뜰 무렵이면 달집을 태우면서
대죽 마디 '펑펑' 튀며 우렁차게 타오를 때
풍요와 가족의 건강 새해 소원 빌었다

이끼를 보며

작아서 눈에 안 띈 꽃 시절 없는 생애
척박한 환경 딛고 어디든 자라나서
살아서 다른 생명들 살 터전을 만든다

이끼는 겸손하게 에너지도 아껴가며
호수에 잠깐 비친 빛으로도 살아간다
섬세한 깃털의 새싹 생명들을 키우며

지구의 산과 바다 그 어떤 환경에도
생태계 형성과 유지 맡은 역할 지켜가며
값없이 소중한 생명 아낌없이 나눈다

씨앗의 꿈

생명이 움튼다는 건 경이로운 사건이다
체리도 이유 없이 백 년을 기다리듯
온도와 빛과 수분의 조건들이 필요해

씨앗은 어떻게든 싹 틔울 법을 안다
적어도 일 년쯤은 묵묵히 버티다가
새봄의 따뜻한 신호에 흙을 뚫고 나온다

시작은 기다림의 끝이라고 말하듯
씨앗은 단 한 번의 기회를 부여잡아
우거진 나무의 숲을 포기 않고 이룬다

벚꽃 지다

유난히 혹독했던 지난겨울 탓일까
창밖의 벚나무가 피워낸 꽃송이는
시간을 더듬어 보듯 연분홍 눈 감고 있다

이 봄날 환한 꽃잎 나비 되어 날아가서
온 천지 생명들을 손짓하며 깨우더니
꿀벌도 이 꽃 저 꽃에 분주하게 나는데

절정이 지고 있다 잔인한 봄바람에
그 짧은 햇살 속으로 꽃잎들이 흩날리며
저리도 장엄한 낙화 봄, 봄날이 가는구나

뻐꾹채

뻐꾸기 우는 오월 양지바른 산비탈에
홍자색 꽃을 피워 눈인사로 만나는 꽃
꽃을 단 솔방울처럼 큼직하게 달렸다

뻐꾹채는 땅속으로 뿌리를 길게 뻗어
웬만한 외풍에도 끄떡없이 줄기를 세워
자생종 우리 풍토에 보란 듯이 자란다

뻐꾹채 이름 또한 부를 때 흥미롭다
총포가 뻐꾸기의 앞가슴 털 연상하고
뻐꾹새 우는 시기에 꽃을 피워 그랬나?

삼복三伏

올해도 어김없이 삼복더위 찾아왔다
낮에는 왕매미의 일백 넘긴 데시벨에
다급한 사이렌 소리 팔공산에 불났나?

폭염이 불러온 분노 열정으로 바꿔보고
꿉꿉한 습기 대신 촉촉한 감성을 채워
어차피 맞이할 더위 그러려니 반긴다

하지만 긴 지겨움 언젠가는 끝나겠지
겨울엔 그리울지도 모른다는 그 생각에
오늘도 합죽선 펴며 희망 고문 찾는다

5부

곰배령

자작나무

청송에서

청송은 예나 지금 여전히 첩첩산중
때 묻지 않은 자연 비경이 숨어 있어
발길이 닿는 곳마다 품어 주네 마음을

물안개 피어오른 주산지에 가보아라
물 아래 뿌리 내린 수백 살 버드나무
신선이 따로 없어라 뒷짐 지고 걷는다

조용히 쉴 수 있는 무포산 푸른 비경
호젓한 굽이마다 산책길 따라가면
새하얀 자작나무 숲 발걸음도 가볍다

양포항

해가 긴 계절이라 아침과 저녁까지
포구는 생명의 힘 초록빛 뿜어대고
한여름 방파제 따라 반짝이고 있구나

시원한 바닷바람 활력을 선사하고
근심도 뭍에 닿아 부서지는 파도 소리
양포항 한적한 포구 온갖 시름 떠나간다

살아갈 용기 얻어 현실에 부딪혀도
바다는 나의 삶에 새 힘을 안겨줄 때
행복한 가슴의 환호 온몸 가득 감싼다

곰배령 자작나무

순백의 별천지가 눈앞에 펼쳐졌다
햇살이 자작나무 수피樹皮에 반짝이면
가슴속 뻥 뚫린 상태 소환되는 회억 하나

나무가 불에 탈 때 자작자작 소리 내어
이름도 자작나무 어감도 다정한데
늠름히 사열하듯이 행진하고 있구나

하늘의 들꽃 정원 곰배령*도 곁에 있어
사계절 풍광들을 형형색색 선사하는
천혜의 자연이 내준 순수라는 그 이름

* 곰배령: 산세의 모습이 마치 곰이 하늘로 배를 드러내고 누운 형상
이라하여 붙여진 이름. 강원도 인제군 소재.

겨울, 고택에서
- 경주 양동마을*

'바람 좀 불면 어때' 눈비도 맞으면서
삶이란 이런 것을 왜 항상 불평했나
무심결 내뱉은 말들 반향되어 울린다

북풍은 차갑지만 골목은 따뜻하다
담장이 몸을 틀어 뒤껼으로 이어지듯
고택은 마음이 절로 순해지는 길이다

세월이 아니라면 알 수 없는 고아함과
사랑채 대청마루 적요가 내려앉고
수백 년 간직해 왔을 기품들이 머문다

* 경주 양동마을: 경북 경주시 강동면 양동리 125.

경주 주상절리

뜨겁게 타오른 불
동해로 엎질러져
용암은 순식간에 주상절리 빚어내고
윤슬에 에워싸여서 반짝이고 있구나

자연이 생성하고 세월에 소멸하듯
육각과 오각기둥 수백만 년 지켜내며
파도는 깊이 스민다
부챗살을 감춘 채

함창 명주

뜨거운 물에 불려 새하얀 누에고치

색서비로 휘저을 때 실마리 찾아내고

뽑아낸 순백의 비단 뽕잎처럼 푸르다

가로로 짜는 실은 씨실이라 이름하고

세로로 짜는 실은 날실이라 부르듯이

길쌈도 우리 인생도 한 올 한 올 짜였다

태백산 주목朱木

살아서 천년이요 죽어서 천년 사는
심재가 붉은 나무 고산지에 자생하여
한민족 끈기와 인내 상징하는 장수목

태백산 주목들은 뒤틀리고 휘어져서
갈라진 가지마다 풍상이 배여있네
장구한 세월의 흔적 기품까지 더한다

광활한 백두대간 능선 따라 이어지는
남과 북 연결하고 낙동정맥 빚어내어
영남의 큰 등뼈 이뤄 늠름하게 서 있다

곰소염전

밀물 때 바닷물을 염전으로 끌어모아
염부는 새벽부터 밀대를 밀고 있다
천일염 전통방식을 고집하며 일한다

태양 볕 그 뜨겁던 한낮을 견뎌내며
길고도 지루한 일 인고의 시간 끝에
비로소 피는 꽃송이 제 모습을 드러낸다

곰소는 햇빛들과 바람을 끌어안아
지구의 생명체에 없어서는 결코 안 될
그렇게 자연의 선물 천일염을 내준다

스페이스 워크
- 포항, 환호공원에서

구름에 떠다니듯 우주를 유영하듯
하늘과 바다 공간 적요가 머무르고
한 계단 오를 때마다 집도 땅도 아득하다

시시각각 변화하는 영일만의 은빛 파도
투명한 바닷바람 쉼 없이 불어와서
동해는 살아있다고 꿈틀대며 외친다

이윽고 탁 트인 전망
레일 위를 걸어보면
곡선의 향연 속에 한목소리 '환호' 하는
강인한 철의 도시에 랜드마크 되었다

여행 단상

촘촘히 끼워 맞춘
삶이란 여정 속에
가끔은 빈칸으로
여백이 필요하듯
채워줄 마음의 여유
그게 바로 여행길

지향 없는 마음 끝이
헤매는 날 있거든
나서라 떠나가라
툭 털고 길 나서면
비로소 진정한 출발
시작되는 행복감

가덕도 '보리숭어'

숭어는 의심 많고 너무도 민첩하여
사람의 그림자에도 잽싸게 도망친다
망수는 물빛을 보고 숭어 떼를 포착해

사월과 오월 사이 보리가 필 즈음에
봄 숭어 쫄깃한 맛 사철 중 제일이듯
가덕도 '보리숭어' 라 별칭까지 얻었네

여섯 척 고깃배로 너른 그물 펼쳐놓아
어부는 '숭어들이' '육소장망' 일컫듯이
봄 한 철 숭어를 잡아 곳간 가득 채운다

호미곶 등대

등대의 불빛이란 멈추라는 경고 아닌
무사히 지나가라 비추는 인도의 빛
망망한 밤바다 위에 희망 잃지 않도록

호미곶 등대 불빛 네 줄기 세 줄기로
또다시 네 줄기로 끊임없이 반복되어
밤바다 항로를 향해 크게 환히 비춘다

불빛이 인가 쪽엔 잠시 동안 꺼졌다가
바다를 향할 때만 다시 켜진 네 줄기 빛
그래야 마을 사람들 평안한 잠 들도록

하회에서

담 너머 부용대는 초록을 품어내고
유장한 낙동강은 막힌 곳 돌고 돌아
모래톱 푸른 강변을 채우면서 흐른다

만약에 강물들 타박하듯 내쳤다면
평지도 하회마을도
저기 저렇게 서 있을까
유장한 자연의 호흡 볼 수 있다. 선연히

오월의 햇살 무리
흙담 위에 내려앉고
양진당 처마 끝이 강바람에 흔들리면
만송정 굽은 소나무 깊은 사념에 들었다

증도 여행

해안을 매만지던 바닷물 물러나면
어느덧 느릿느릿 갯고랑 펼쳐지고
농게와 짱뚱어 군무 그들 세상 만났다

푸르게 흔들리던 증도의 파랑波浪들이
금모래 우전 해변 햇살에 일렁일 때
슬며시 바다가 온다 간조 시간 끝났나?

하루에 두 번 피는 증도의 갯벌 꽃은
천 개의 섬과 섬을 밀물과 썰물 따라
지금도 무수한 생명 품어 안아 키운다

소쇄원에서

한 그루 나무에도 한 포기 풀에게도
피고 지는 꽃과 함께 시간에 순응하며
소박한 마음을 담아 자연 함께 숨 쉰다

돌 하나 낮은 담장 허투루 놓지 않아
자연과 교감하며 하늘을 우러르듯
담담한 담양 소쇄원 선비 품격 담았다

시름도 온갖 부귀도 돌아보는 반환점에
왕대〔苦竹〕는 매듭마다 몸을 비워 충만하듯
내년 봄 돋아날 죽순 한 우주를 꿈꾼다

맹씨행단*孟氏杏壇
 - 상강절에

두 그루 은행나무 세월을 건너와서
조선 땅 척박함도 거뜬히 이겨내고
굳건한 선비의 기개 생명력이 경이롭다

하늘을 올려보면 은행잎과 햇살뿐
어쩌랴 딱 이만큼 평화롭고 싶은데
청백리 가을의 축복 온몸으로 받는다

햇볕과 비바람에 생명이 자라나듯
운명이거나 우연이거나 어느덧 육백 년을
저마다 독특한 열매 주렁주렁 맺혔다

* 세종대왕 시절 명재상 맹사성이 직접 심은 은행나무.

황태덕장

육이오 전쟁으로 함경도 피란민이
용대리에 터를 잡고 고향 맛 지켜내려고
진부령 험준한 산에 명태덕장 찾았다

설악산 자락에서 몰아치는 칼바람에
명태는 덕대 위에 주렁주렁 매달려서
눈과 해 찬바람 속에 얼고 녹기 반복한다

미시령 망태 바람 불어치는 산중에서
황금빛 속살 건조 최고의 상품 되듯
망향의 한을 달래며 황태덕장 일궜다

행군
- 워싱턴 D. C., 한국전쟁 참전용사 19인 상

질척이는 낯선 벌판 군화가 파묻히고
억센 바람 날선 추위에 판초 우의 펄럭이는
정찰에 나선 군인들 눈물겨운 '행군 상'

철모 아래 퀭한 눈, 쑥 꺼진 볼의 모습
피로와 공포 속에도 맡은 임무 수행하여
내 조국 대한민국의 자유 평화 지켰다

그대들 참전용사 고귀한 헌신 있어
참혹한 전쟁 끝에 오늘 내가 여기 있네
"자유란 거저 주어지는 것 아니다"
무언으로 외치네

유엔기념공원에서

경건하게 다듬어진 푸른 묘역 둘레마다
영산홍 붉은 장미 위로하듯 피어나서
못다 핀 젊은 영혼들 여기 모여 잠들다

그대 참전용사여 꽃다운 청춘이여
자유와 정의를 위해 한국전에 참전하여
숭고한 희생과 헌신 세계평화 지켰다

아비뇽 시계탑

그 숱한 세월 안고
어김없이 돌고 도는

아비뇽 시계탑*은
영성이 살아있나

지금도
영적 평온함
내 가슴을 울린다

* 아비뇽 시계탑: 15세기에 만들어진 프랑스 아비뇽에 있는 시계탑.

살며, 생각하며, 사랑하며
더 깊고 더 넓어진 신앙 세계

리강룡 시인

1. 들어가며

이상진 시인이 세 번째 시조집을 상재한다. 1990년에 등단하였으니 시조를 붙든 지 30년을 넘어섰다. 100수의 작품을 골똘히 읽었다. 전편을 정독한 뒤 종합적인 소견은 이상진 시조의 특징은 문학적 기교에 치중하기보다 자신의 순진무구한 정신세계를 솔직하게 작품화하고 있다는 점이다. "눈 감으면 코 베어 가는 세상"을 어떻게 살아갈까 할 정도로 정직하지만, 그가 발 담그고 있는 일터는 어지간한 사람은 살아남기 어려운 험난한 자리이다. 보기 드물게 살벌한 일터에서 지금까지 성공적 삶을 꾸려온 시인을 보면 아직은 대한민국이 정직한 사람을 알아주고 있는 것 같아

위안이 되기도 한다. 이상진 시조 세계의 또 하나의 인프라라는 무엇보다 탄탄한 기독교 신앙이다. 시인에게는, 삶의 자리라면 누구에게나 간단없이 불어오기 마련인 어지러운 외풍을 능히 물리치고 이길 수 있는 최후의 보루가 있음을 작품 전편에서 진하게 느낄 수 있다.

등단하면서 시조집을 들고나오는 요즘의 발이 빠른 시인이라면 벌써 적지 않은 시조집을 펴냈을 시간에 이제 세 번째의 시조집을 내는 것은 과작寡作 중에 과작이라 할 것이다. 그러나 첫 시조집을 등단 10년 만인 2000년에 펴낸 뒤 20년을 넘게 휴면하다가 두 번째 시조집을 2021년에 펴내었으니 이번 세 번째 시조집은 파격적으로 발이 빠른 셈이다. 이 시인은 시조집을 상재하는 데만 발이 빨라진 것이 아니다. 근년에 와서는 대구문인협회 부회장과 한국크리스천문학가협회 운영이사와 부회장, 한국장로문인협회 이사로 활동하는 한편 제25회 대구시조문학상과 제26회 한국장로문학상을 수상하는 등 작품 활동도 활발하게 전개하고 있다.

2. 내려놓음, 비움, 또는 '순명順命'의 삶

삶의 길에서 내려놓고 비운다는 것, '순명'의 삶을 산다는 것이 말처럼 그렇게 간단하고 쉬운 일이 아니다. 어떤 이는 이를 위해 단식도 하고 수련도 하고, 아예 출가해 버리는 사람도 있다. 그래도 도무지 떨어질 줄 모르는 것이 그 '집착' 이란 놈이다. 시인은 이 어려운 '내려놓음, 비움, 순명' 의 짐을 기독교에서 찾고 있다. '예수님 앞' 이란 하소할 자리를 찾아 그 앞에 다 내려놓음으로써 일상이 가볍고 기쁜 신앙인의 모습으로 살아가고 있음을 볼 수 있다. '순명' 이란 본래 가톨릭에서 사용하는 용어이고 이에 해당하는 개신교의 용어는 '복종' 이나, 이 글에서 굳이 순명을 택한 것은 복종이란 용어가 좀 딱딱한 감이 있기 때문이다.

아프고 서러움에 흘렸던 눈물방울
한숨과 탄식 담긴 억울함 그조차도
주님은 내 편이 되어 상한 마음 싸매신다

슬픔을 아뢰는 날 가슴 치는 이들에게
숨죽여 참지 말고 큰 소리로 울라 한다
눌림도 고통마저도 회복되는 은혜의 시간

위로자 된다는 건 우는 법을 배우는 것
온밤을 지새운 새벽 기다림 배우는 것
하나님! 나의 눈물을 주의 병에 담으소서

- 「병에 담은 눈물」 전문

이 작품에는 시편 56:8절, 다윗의 시 "나의 눈물을 주의 병에 담으소서" 라는 고백을 인용하고 있다. '아프고 서러움에 흘렸던 눈물방울/ 한숨과 탄식 담긴 억울함' 등 세상에 어떤 어려움 앞에 서더라도 주님이 내 편이 되어 상한 마음을 싸매신다는 확신이 선다면 그보다 더 든든함이 어디 있겠는가. 그러나 그 주님을 내 편으로 만드는 일이 그리 쉬운 일이 아니다. 엄밀히 말하면 쉽고도 어려운 일이다. 슬픔이 물밀 듯이 밀어 올 때 '참지 말고 큰 소리로' 울며 간구懇求하면 주님은 오셔서 그 눌림과 고통을 회복해 주신다는 간증을 하고 있다. 셋째 수에 오면 시인은 한 걸음 더 나아가 스스로가 위로자가 된다. 참지 않고 큰 소리로 우는 법을 배운 뒤, 온밤을 지새워 새벽까지 기다리는 것, '하나님! 나의 눈물을 주의 병에 담으소서' 라는 간절함 뒤에 비로소 획득할 수 있는 경지이다. 이런 고백의 시는 아무나 쓸 수 있는 시가 아니다. 슬픔을 참지 않고 큰 소리로 울어본 경험, 온밤을 지새워 새벽까지 기다린 경험, '하나님! 나의 눈물을 주의 병에 담으소서' 라는 눈물의 고백을 해 본 경험 뒤에라야 비로소 쓸 수 있는 고백이다.

비어서 안정되고 비어있어 편안하듯
온전한 마음 한컨 비우기가 어렵지만
마음을 비워둔 곳에 내려앉는 충만함

- 「마음 비우기」 전문

선택의 순간에는 간절함 필요하다
일상의 모든 것은 선택의 연속이듯
그래도 알 수 없을 땐 산책길을 나서라

선택의 순간에는 용기가 필요하다
행하지 아니할 때 아무것도 얻지 못해
하나를 내려놓아야 다른 하나 얻는 법

선택의 순간에는 받아들임 필요하다
발밑의 돌부리는 보이지 아니하듯
이 세상 모든 것들이 지나간다 이 또한

- 「선택의 순간」 전문

　　예로 든 위 두 수에서는 이상진 시인의 생활철학을 엿볼 수 있게 한다. 세상을 살아가는 사람들 가운데 많은 사람의 마음은 온갖 허접쓰레기들로 꽉 차 있는 쓰레기통에 비유할 수 있을 것이다. 출세에 대한 욕심, 풍요로운 삶을 누릴 욕심, 너와 나와의 인간관계에서 벌어지는 오만 가지의 상황들로 인한 스트레스 등등 눈만 뜨면 인간의 마음은 온갖 사안, 사물들이 가리지 않고 무차별로 물밀듯 밀려 들어온다. 이렇게 시도 때도 없이 쌓이는 쓰레기들을 청소하는 일은 정말로 어려운 일이다. 시인은 「마음 비우기」에서 온갖 쓰레기들을 다 비웠을 때의 '안정감, 편안함'을 갈구하고 있다. 그러나 '온전한 마음 한켠 비우기'란 쉽지 않은 일이다. 종장에 오면 드디어 마음을 다 비운 경지에 올랐을 때 내려앉는 충만감의 경지를 노래하고 있다. 「선택의 순간」 또한 분위기가 다르지 않다. 선택의 순간에서 필요한 것은 '간절함, 용기, 받아들임'이 필요함을 직시하고 있다. 산다는 것, 살아간다는 것은 실로 '선택의 연속'일 것인데, 그 매듭이 잘 풀리지 않을 때 시인은 '산책길을 나서라'고 독려하고 있다. 산책길을 나서서 결정할 일은 무엇인가? 그것은 과감하게 '하나는 내려놓기'이다. 선택하고 뒤돌아보지 않고 과감하게 나아갈 때 "이 또한 지나가리라(카르페 디엠)"라는 다윗의 명구가 나의 명구가 될 수 있음을 증언하는 시편이다.

> 새벽은 변함없이 내게는 특별하다
> 모두가 잠든 시간 하루가 시작되는
> 아침을 밝히는 소리 발걸음이 가볍다
>
> 일상에서 좋아하는
> 할 수 있는 일들마저
> 꾸준히 지속하면 유익함 다가오듯
> 첫새벽 경건의 시간 성령으로 충만해
>
> - 「새벽기도」 전문

기독인에게 새벽 시간은 중요하다. 성경에 "새벽 아직도 밝기 전에 예수께서 일어나 나가 한적한 곳으로 가사 거기서 기도하시니"(막1:35)라는 기록처럼, 예수님께서 이 땅에 계실 때도 새벽 미명에 한적한 곳을 택하여 기도하셨기 때문이다. 시인에게도 새벽 시간은 '특별하다'고 쓰고 있다. 기독도의 새벽은 '모두가 잠든 시간'에 '아침을 밝히는 소리'를 들으며 기도하러 가는 발걸음 가벼운 시간이다. 그리고 그것은 단회성이 아니라 '꾸준히 지속'해야 유익함이

다가옴을 경험으로 역설하고 있다. '첫새벽 경건의 시간 성령으로 충만' 함의 기쁨은 누려본 사람만이 알 수 있는 경건의 시간, 경건의 기쁨이다.

살아온 시간보다 살아갈 시간들이
어쩌면 더 적을듯한 그 경계 삶 속에서
조금씩 내려놓을 때 아, 비로소 보입니다

온종일 생명체에 빛과 열 나눠주던
태양도 하루 끝에 지평 넘어 쉬러 가듯
인생의 노을이 올 때 평온한 맘 됩니다

아침의 출근길
한낮의 삶의 무게
뭐 그리 여유 없어 하늘을 잊고 살아
찬란한 별이 뜨는가 경건한 밤 옵니다

더 많이 갖기 위해 더 높이 오르려고
한 치도 빈틈 없이 치열하게 살아온 삶
더 비움 은발銀髮의 지혜 다가섬을 봅니다

- 「내려놓음, 비움」 전문

'죽어라 노력하고 애써도 안 되는 일'
이 세상 무엇 하나 쉬운 게 없는 삶에
성장통 상처투성이 너나없이 겪었듯

때로는 격려의 말 기대의 함축 속에

아뿔싸 숨 못 쉬게 부담 되어 돌아오는
죄책감 어디 없으랴 살얼음판 걸어왔다

'깨져도 괜찮으니 마음껏 쓰라' 하신
'알아도 모르는 척 묻지 않는 배려' 속에
그 말씀 어찌 잊으랴
마음 깊이 새긴다

- 「배려」 전문

「내려놓음, 비움」은 이 시조집의 표제 작품이다. 내려놓는다는 일은 비우는 일의 같은 뜻, 다른 표현이다. 지금 시인은 인생의 황금기를 살고 있다. 하루해로 치면 중천에서 서쪽으로 약간 기운, 그러면서도 하루 중 가장 농익은 시간대에 해당하는 시간을 살고 있다. 말하자면 '살아온 시간보다 살아갈 시간들이/ 어쩌면 더 적을듯한 그 경계의 삶 속에' 서 있다. 이제 '조금씩 내려놓을' 일을 배우고 실천해야 할 시간임을 알아차리고 있다. '더 많이 갖기 위해 더 높이 오르려고/ 한 치도 빈틈 없이 치열하게 살아온 삶'을 이제 넌지시 돌아볼 연치임을 느끼고 있음을 알 수 있다. '아침의 출근길'과 '한낮의 삶의 무게'에 눌려, '하늘을 잊고 살'다가, 이제 '찬란한 별이 뜨는' 밤하늘을 바라보며 경건의 생활에 대한 무게를 더하고 있다. 비우고 더 비운 자리에 서서히 돋아나는 은발을 비추면서 비로소 삶 속에서 여유로움을 찾고 있다.

「배려」는 문자적으로 해석하면 '짝을 도와주거나 보살

피며 그를 염려하는 마음' 쯤으로 해석할 수 있을 것이다. 시인이 직장 생활 중 겪었던 '잊지 못할 사건'을 작품화한 것 같다. 초년병 시절에야 '죽어라 노력하고 애써도 안 되는 일'이 태반이기 마련이다. 그 뼈아픈 '성장통' '상처투성이'의 아픔을 안고 사람은 한 걸음씩 성장하는 것이다. 그 병아리 시절에 너그럽고 원숙한 상사를 만난다면 그 사람은 참 복된 사람일 것이다. 그런 사람을 우리는 '멘토'라 하던가? 그 멘토가 배려한 말 한마디는 초심자에게는 잘 박힌 못이 되어서 빠른 성장의 열쇠가 되는 것이다.

> 어머니는 자식에겐 날마다 뜨는 태양
> 행성이 제 궤도를 이탈하지 않고 돌듯
> 헐벗은 내 영혼 가득 위로해 준 어머니
>
> 들일 나간 어머니를 온종일 기다리다
> 황혼빛 사라지고 땅거미 들어앉으면
> 저녁밥 그때야 안쳐 한밤중에 밥 먹던
>
> 남루와 시련들을 참음으로 견뎌오신
> 언제나 다정다감한 한없는 그 사랑으로
> 한 세상 휘둘림에도 맞설 힘을 주셨네
>
> - 「어머니」 전문

어머니는 누구에게나 마음의 고향이다. 더구나 허기진 배를 움켜잡고 어머니의 귀갓길을 기다려 본 경험이 없는 세대는 그 절실함을 짐작하지 못한다. 시인의 어린 시절도

헐벗고 굶주린 시대였다. 유년 시절에 '어머니는 자식에겐 날마다 뜨는 태양'처럼 생활의 전부였다. 아무리 배가 고파도 어머니만 있으면 마음이 놓였다. 둘째 수에서는 어리던 시절의 일화 한 토막이 들어 있다. '들일 나간 어머니를 온종일 기다리다/ 황혼빛 사라지고 땅거미 들어앉으면/ 저녁밥 그때야 안쳐 한밤중에 밥 먹던'이야기다. 지금은 한 토막 추억이 되었지만 당시의 시골 풍경은 네 집 내 집이 별로 다를 바 없는 풍경이었다. 그러나 돌이켜 생각하면 어머니의 그 한없는 사랑을 먹고 자라서 이제는 그때 어머니가 주신 자양분이 '한 세상 휘둘림에도 맞설 힘'이 되고 있음을 고백하고 있다. 그만큼 어머니는 누구에게나, 나이 들어서도 끝까지 의지할 큰 성城이다.

3. 매듭 풀기, 그리고 헹가래 치기의 행복론

이상진 시인이 다음으로 중요하게 생각하는 대주제는 '행복한 삶'에 관한 관심으로 보인다. 생각하면 사람이 세상에 와서 아웅다웅 다투기도 하지만 다시 화해하여 함께 어울려 살아가는 제반 생활상들이 결국은 '행복해지기'위한 모습들이 아니겠는가. 그만큼 '행복한 삶'이란 이 주제는 인간사에서 가장 중요한 주제일 것이다. 시인이 이 대주제에 접근하는 시적 표현 방법은 문학 이론에 근거한 시적 장치, 또는 시적 변용의 과정을 거치는 작업은 차치물론

且置勿論하고 그저 진솔하고 솔직한 감정을 고백하는 형태로
표현하고 있음이 특징이다.

> 돌담이 비바람에/ 무너지지 않으려면
> 바람이 지나가는/ 작은 틈새 필요하듯
> 매 순간 삶의 지혜로/ 쉬는 공간 두세요
>
> - 「틈새」 전문

　　바람 많은 제주도에 아무렇게나 쌓아 올린 듯한 엉성한
돌담이 무너지지 않고 버티는 것은 '바람이 지나가는/ 작
은 틈새' 때문이라 생각해 본다. 생활의 현장에서 살아가는
사람들의 모습도 생각해 보면 어떤 사람은 빈틈없이 정확
하게 일을 해내는가 하면 어떤 사람은 항상 열에 한둘쯤은
빠진 채 일을 마치는 것을 본다. 그런데 일에서는 그러면
곤란한 경우가 생기겠지만 일상의 대인관계 같은 데서는
수지청즉무어水至淸則無魚하고 인지찰즉무도人至察則無徒라는
옛말도 있듯이 너무 완벽하고 고고孤高하면 별로 인기가 없
을 때가 많다. 나사가 한두 개쯤 빠져 있어야 그 빈자리에
다른 사람이 들어와 앉을 수가 있기 때문이다. 시인은 이런
'틈새'가 자신에게도 필요함을 역설하고 있다. '매 순간 삶
의 지혜로 쉬는 공간'을 두고 살아가는 지혜가 필요하다고
보는 것이다. 그렇다. 하루하루의 생활도 너무 빡빡하게 빈
틈없이 시간을 짜 넣어 살아간다면 그것은 현명하지 못한
생각이 아니겠는가. 사람은 이 세상에 일만 하러 온 것은
아니지 않은가.

매듭을 잘 지으면 끈은 더 강해진다
살아가는 길에서도 매듭 없이 의미 없듯
이따금 매듭을 줘야 방향성을 찾는다

오늘과 내일이란 차이 또한 별로 없어
하루가 그냥 지난 그 경계일지라도
매듭을 잘 지어야만 강한 긴 줄 만든다

매듭을 짓는 일을 게을리하는 일상
현재의 나의 위치 가늠을 할 수 없듯
인생이 강해지는 법 매듭 하나 잘 짓기

- 「매듭」 전문

　사람은 살아가면서 수많은 매듭을 지으며 살아간다. 학업, 군 복무, 결혼, 출산, 취업 등등, 그리고 마지막으로 지구를 떠나는 죽음이 대단원의 매듭이 될 것이다. 이 많은 매듭을 현명하게 잘 맺어 나가는 사람을 우리는 '성공한 사람'이라 하고, 그렇지 못한 사람을 '별 볼 일 없는 사람'으로 치부하게 된다. 자기 앞에 다가오는 인생의 매듭들을 잘 지어나가면 자기 인생의 끈은 더욱 강해져 가는 것이다. 이 작품 속에서 시인이 발견한 아포리즘은 '인생이 강해지는 법은 매듭 하나하나를 잘 짓기' 쯤으로 정리할 수 있을 것 같다. 시인은 인생을 살아가면서 자기가 스스로 맺어야 할 그 수많은 매듭을 최선을 다해 잘 맺어가는 삶을 성공하는 삶으로 보고 있다. 시인의 건실한 생활인의 모습을 엿볼 수 있는 작품이다.

행가래 친다는 건 신뢰의 상징이다
떠워진 사람이나 띄워주는 사람이나
믿음이 있어야만이 가능하기 때문에

얼마큼 올라가고 안전하게 내려올지
서로에 대한 믿음 교차되는 순간에서
아뿔싸 치명적 낭패 곤두박질 당한다

누구와 행가래를 칠 것인가 결정할 때
아무런 의심 없이 내 몸을 맡길 건지
선택의 순간순간마다 둘러보는 내 마음

- 「행가래」 전문

필자는 개인적으로 행가래 장면을 볼 때면 조마조마할 때가 많다. 저러다가 떨어지면 어쩌지? 하는 노파심에서다. 특히 들어 올리는 팀원이 힘이 약한 여성이나 미성년자일 때는 더욱 그렇다.

살아가면서 가끔 행가래 장면을 목격한다. 흥겹고 감격스러운 장면이다. 그 환호의 행가래 장면을 연출하기 직전까지만 해도 조마조마한 마음에 손에 땀을 쥐었던 팀원들이다. 그만큼 행가래 장면은 극적이다. 극적인 만큼 긴장감도 있다. 거기에는 '떠워진 사람이나 띄워주는 사람이나/믿음이 있어야만이 가능하기 때문'이다. 서로의 신뢰가 없으면 이루어질 수 없는 행위이기 때문이다. 만약 거기에 신뢰가 담보되지 못하면 '치명적 낭패-곤두박질-'을 맛보게 된다. 살아가는 흐름 위에서 누구와 행가래를 칠 것인가?

누구의 도움을 받아 어떤 위험이 도사리고 있는지 알 수 없는 자리에 '아무런 의심 없이 내 몸을 맡길' 것인가? 겉으로는 축하한다고, 네가 앞을 서라고 추켜세워 공중에 던져 올려놓고는 손을 빼어 버리는-앞세워 놓고는 흔들어 대는-야비한 모습들을 우리는 실제로 목격하는 경우가 얼마나 많은가. 복잡한 세태를 생각하게 하는 작품이다.

> 나무는 오로지 생명을 유지하려
> 땅속의 물을 올려 잎과 꽃을 피운다
> 생존에 필요한 물은 순수하고 검박하다
>
> 우리가 마신 물은 어떠한지 살펴볼 때
> 체면과 쾌락 위해 마시고 또 마시니
> 마시지 않아야 할 물, 눈치 보며 마셨다
>
> 가진 게 없어지니 잃을 게 없는 삶에
> 행복은 물욕만이 모든 게 아닌 것이
> 과욕을 버리는 삶에 청빈함이 답이다

- 「행복론」 전문

시인이 생각하는 '행복론'이 무엇인지 엿볼 수 있는 작품이다. 지상에 존재하는 삼라만상이 마시는 물과 인간이 마시는 물을 빗대어 시인이 생각하는 행복론을 펼치고 있다. 나무는 무엇을 위해 물을 마시는가? 그것은 생명을 유지하고 잎과 꽃을 아름답게 피우기 위해서다. 그들이 마시는 물은 '순수하고 검박하다.' 반면에 우리가 마시는 물-

물을 대표로 하는 먹을거리-은 '체면과 쾌락 위해 마시고 또 마'신다. '마시지 않아야 할 물, 눈치 보며' 먹고 또 먹고 분수에 넘치게 마구 마시고 있다. 셋째 수에 오면 시인이 생각하는 건조체乾燥體의 행복본이 펼쳐진다. '가진 게 없어지니 잃을 게 없는 삶에/ 행복은 물욕만이 모든 게 아닌 것이' 과욕을 버리는 삶에 청빈함이 답이다. 해설을 더 보탤 필요가 없는 시인이 생각하는 「행복론」이다.

> 행복은 소유보다 경험을 쌓는 여정
> 일상을 균형 있게 치우침 없게 하며
> 감사의 돛을 올려서 순항하는 항해술
>
> 마음이 무거울 때 평정심 흔들릴 때
> 초심을 돌아보며 여유를 찾는 시간
> 움킨 손 내려놓으면 내 영혼이 평안해
>
> 채움의 마음보다 나누는 사랑의 힘
> 이웃과 함께하는 소박한 작은 배려
> 성숙한 관계의 힘은 품격 있는 복된 삶

- 「복된 삶」 전문

사람들이 생각하는 복된 삶은 천차만별일 것이나, 높은 명예, 다량의 재산, 자식의 출세, 무병장수 등등에서 대동소이할 것이다. 그런데 위 두 수의 작품에서 독자는 시인이 생각하는 행복한 사람에 대한 견해가 일상의 생활인과는 확연하게 다름을 볼 수 있다. 작품 「행복론」에 이어 시인이 생각하는 「복된 삶」에 대한 견해는 무엇인가? 세 수의 각 주제는 ① 감사하는 삶 ② 여유 있는 마음 ③ 나누고 배려하는 마음이다. 동의하고 긍정할 만한 견해이다. 사람들은 똑같은 상황을 두고도 어떤 이는 불만이고, 어떤 이는 감지덕지다. 결국은 각자의 내면이 요구하는 수준의 차이에서 오는 차이일 것이다. 여유 있는 마음가짐 또한 대동소이할 것이다. 초심자일 때를 생각하면 눈앞의 상황에 대하여 얼마나 여유를 가질 수 있겠는가. 더하여 나눔의 힘은 위대한 것이다. 나누고 나누었더니 하나님께서는 열 배 백 배로 채워주시더라는 간증들은 예거할 수 없을 정도다. 위 두 수의 작품에서 독자는 이상진 시인의 '행복론'을 여실히 진단할 수 있다.

우리말 특징 중에 아름답고 소중한 것
해·달·별 강·숲·산·꽃이 모두가 한 글자다
하늘이 거저 내려준 선물이기 때문이다

새들은 하늘 향해 싸우지 아니하고
물에게 물고기는 싸우지 아니하는데
왜 우린 안식도 없이 잠과 함께 싸울까?

지친 몸 지친 영혼 회복이 필요할 때
"사랑하는 자에게는 잠을 달게 주시도다"
오늘도 꿀잠 속으로 나를 인도하소서

- 「꿀잠」 전문

요즘 한창 '웰빙 - 웰에이징 - 웰다잉' 이 화두이다. 그중 첫째 조건 웰빙은 쉽게 말하면 '잘 먹고 잘 사는 것' 이다. 그런데 잘 먹고 잘 살기 위해서는 전제 조건이 있다. 그것은 '잠' 이다. 인간이 살아가기 위한 가장 기본이 되는 조건이 '꿀잠' 이다. 제아무리 기름진 음식을 먹고 즐거운 일들이 연속되는 삶을 산다 해도 며칠만 잠을 못 자면 제정신을 가지지 못하게 된다. 그래서 성경은 "사랑하는 자에게는 잠을 달게 주시도다"(시편127:2)라고 쓰고 있다. 사람이 날마다 '꿀잠' 을 이루어 가는 삶이야말로 앞에서 든 '복된 삶', '행복한 삶' 을 영위해 나갈 수 있는 인프라 중 기본 인프라일 것이다.

위 작품에는 시인 자신만의 독특한 견해가 표출되어 있다. '우리말 특징 중에 아름답고 소중한 것/ 해·달·별 강·숲·산·꽃' 등은 모두가 한 글자로 되어 있다고 보고, 그것은 '하늘이 거저 내려준 선물이기 때문이' 라고 해석하고 있다. 그리고 자연은 이들과 싸우지 않는데 유독 인간만이 하늘이 준 선물인 '잠' 과 싸우고 있다고 하고 있다. 독특하고도 재미있는 발상이다. 그러면서 시인은 '지친 몸 지친 영혼 회복이 필요할 때' 는 성경 시편의 구절을 인용하면서 기도하는 가운데서 안식과 평화를 얻고 있다.

> 한 치 앞 모르는 게 우리의 인생 여정
> 언제나 중요한 건 지금이고 바로 여기
> 늦기 전 말해주세요 "사랑합니다" 그 한마디
>
> — 「있을 때 잘해」 전문

라틴어에 메멘토 모리-Memento mori-란 말이 있다. '죽는다는 것을 기억하라', '죽음을 잊지 마라' 등으로 번역되는 말이다. 우리 고어에서 이를 찾는다면 화무십일홍花無十日紅쯤으로 번역할 수 있을 것이다. 인생살이에서 만일 죽음이 바로 내일이거나, 내일은 아니더라도 가까운 미래에 죽음이 확정되어 있는 줄을 안다면 사람의 생활 자세는 판이하게 달라질 것이다. 인간은 누구나 영원히 살 것처럼 생각하기에 삶의 현장에서 온갖 욕심을 다 부리고 있는 것이 아니겠는가. '한 치 앞 모르는 게 우리의 인생 여정' 인데, '언제나 중요한 건 지금이고 바로 여기' 임을 실감하지 못하고 마치 영원을 살 것처럼 다투는 못난 모습들이여. '늦기 전 말' 할 일이다. "당신을 사랑합니다."

> 여로를 가노라면 비바람은 항상 있다
> 비 오지 아니하고 맑은 날만 이어질 때
> 어느덧 비옥한 땅도 사막으로 변한다
>
> -「삶」 전문

인간만사 새옹지마塞翁之馬란 말이 있듯이 지금 떵떵거리며 산다고 그것이 영원한 것 아니며, 지금 볼품없이 산다고 얕잡아 볼 일이 아니다. 사람이 살고 있는 흙은 눈비가 내리고 태풍도 불어야 비옥해진다. '비 오지 아니하고 맑은 날만 이어질 때' 는, 어느덧 그 비옥한 땅도 사막으로 변하여 쓰지 못할 땅이 되어 버린다. 잘은 모르지만 바다에도 태풍이 불어와 밑바닥까지 뒤집어 놓아야 비로소 물고기가 살 만한 터전이 된다고 한다. 시인은 인생이 걸어가는 길도 이와 마찬가지 원리임을 발견하고 있다. 비바람이 없는 인생, 얼핏 보기에는 편안하고 행복할 것 같지만 고난을 겪지 않은 인생은 작은 비바람만 불어도 견디지 못하고 쓰러진다. 반면 어릴 적부터 고생으로 다져온 사람은 여간한 비바람 앞에선 끄떡도 하지 않는다. 오히려 발전의 약으로 여긴다.

> 강물은 막힐 때면 돌아서 흘러가고
> 웅덩이가 깊을 때면 채워서 길을 내듯
> "물처럼 산다는 것이 가장 멋진 삶이다"
>
> 물은 늘 구분 없이 유연하게 적응한다
> 둥근 그릇 모난 그릇 어디에나 찾아가서
> 기꺼이 낮은 곳으로 귀천 없이 담긴다
>
> 실개천 작은 물이 흘러서 대양이 되듯
> 봄·여름 가을·겨울 사계절을 가림 없이
> 바다는 포용력으로 이 모두를 품는다

- 「상선약수」 전문

잘 모르긴 하지만, 이 작품은 필자의 추측으로는 시인의 고향 장흥 땅 평화리에 있는 상선약수 마을이 배경이 되지 않았나 짐작해 본다. 시인의 고향 근처의 농촌 전통 테마 마을인 이 마을은 너른 들판을 따라 운치 있는 메타세쿼이아 숲을 따라 마을 입구에 다다르게 되는데, 마을 뒤에 우

뚝 솟은 억불산 연대봉을 배경으로 한 아주 평화로운 풍경
이다. 도가에서는 만물을 이롭게 하는 물의 성질을 최고의
이상적인 경지로 삼는바, 이 마을 역시 "최고의 선은 물과
같다."는 노자의 《도덕경》에서 따온 이름이다. 각설하고,
시인은 첫 수에서 "강물은 막힐 때면 돌아서 흘러가고/ 웅
덩이가 깊을 때면 채워서 길을 내듯/ '물처럼 산다는 것이
가장 멋진 삶이다'"고 '멋진 삶'에 대하여 선명한 정의를
내리고 있다. 둘째, 셋째 수에서도 물의 성질을 찬양하며
사람이 모든 것을 자신의 품에 끌어안는 물처럼 산다면 얼
마나 행복할 것인지를 역설하고 있다.

4. 자연, 그리고 인간

자연은 인간이 의탁하고 하소할 영원한 고향이다. 인간
은 흙에서 나서 흙으로 돌아간다. 인간은 뛰어난 머리로 문
화와 문명을 발달시키고 부족함 없는 사회를 만들어가고
있는 것 같지만 그것이 행복한 미래를 약속하는 것은 아닌
것 같다. 오히려 우리가 지향하는 길은 결국 파멸의 자리를
향해 달려가고 있는 것이 아닌가 하는 의문을 가지게 할 때
가 많다. 반면에 자연은 묵묵히 하나님으로부터 부여받은
책무를 수행할 뿐 그 어떤 불평도 불만도 발하지 않는다.
그래서 선각자는 "모름지기 자연으로 돌아가라"고 일갈했
던 것 같다.

매서운 바닷바람 거뜬히 이겨내고
서귀포 해안 따라 옹기종기 모여앉아
소복이 노랑꽃 피운 한겨울의 봄소식

- 「갯국」 전문

「갯국」은 바닷가에 피는 겨울 야생 국화이다. 우리나라
에서는 남해안이나 제주도 해안 돌 틈과 벼랑에 무리 지어
서식하는 꽃이다. 꽃 중에서 가장 일찍 꽃을 피운다는 복수
초도 눈 속에 묻혀 있는 한겨울, 추위도 거뜬히 이기고 꽃
으로 겨울을 나는 강인함으로 사랑을 받는 꽃이 갯국이다.

시인이 본 「갯국」은 서귀포 해안 어디쯤인 것 같다. 무
리 지어 핀 갯국 다발에서 시인은 일찌감치 봄소식을 듣고
있다. 자연은 여린 듯하면서도 굳세다. 문명이란 무기를 앞
세운 사람이란 동물 외에 그 모양이 크든 작든, 힘이 세든
약하든 지구상에 존재하는 모든 것들은 하나님으로부터 부
여받은 자신의 책무를 어김없이 수행하고 있다.

노루 꼬리만큼 하루해가 길어지고
응달진 골목길에 햇살 한 점 안겨 올 때
대한大寒은 저만큼 가고 우수 경칩 지척이네

새해의 첫째 절기 새봄의 시작이다
부지런한 달래, 냉이 빼꼼히 눈을 뜨고
풀섶엔 어린 초록들 새 생명이 잠 깼다

물오른 어린 초목 파릇파릇 환한 봄날

향긋한 쑥 내음도 고운 흙에 묻어나고
머잖아 저기 돌담 아래 수선화꽃 피겠다

- 「입춘」 전문

대구는 한반도의 남쪽에 위치하면서도 특유한 분지형 기후 때문에 한서寒暑의 차이가 심하다. 여름은 열대지방 같은 혹독한 더위가 계속되는가 하면 겨울은 또 엄청 춥다. 따라서 이십사 절기 중 대한과 우수 사이에 맞게 되는 새해 첫 절기인 입춘쯤에 봄의 입김을 느끼기는 한참 이르다. 그러나 시인은 절기에 따라 코앞에 닥친 계절을 사는 족속이 아니다. 시인은 항상 절기를 앞서 살아야 하는 슬픈 족속이다. 그 앞선 절기와 호흡을 함께해야 한다. 절기의 걸음이 늦은 대구에서도 '노루 꼬리만큼' 길어지는 하루해를 보아야 하고, '응달진 골목길에 햇살 한 점 안겨 올 때' 면 저만큼 떨어진 곳에서 오고 있는 '우수 경칩' 의 숨소리도 들어야 한다. '부지런한 달래, 냉이 빼꼼히 눈' 뜨는 것도 보아야 하고, 풀섶에 어린 초록들이 잠 깨는 것도 보아야 한다. 시인의 코는 벌써 '향긋한 쑥 내음' 을 맡고 있고 '머잖아 저기 돌담 아래' 피어날 수선화를 그리고 있다.

나무는 '떨켜' 로서 잎과 이별 준비한다
삶의 끝 아니라고 새순 꿈 품었다고
혹독한 눈보라 때도 푸른 희망 보라 한다

- 「떨켜」 전문

하나님의 섭리는 참으로 신묘하다. 사계절의 변화에 나무는 자기를 맡긴다. 봄이 오면 뾰족뾰족 새잎을 피워내고 아름다운 신록의 시간을 거쳐, 여름이면 싱싱하고 늠름하게 생명의 기쁨을 춤추다가, 가을이면 누가 가르쳐 주지도 않았는데 그렇게 야물게 붙어 있던 잎자루가 스스로 서나서나 떨어져 나간다. 말하자면 순명順命의 철학을 가진 셈이다. 시인의 눈은 잎과 나무가 이별하는 미세하고도 오묘한 자리를 놓치지 않고 있다. 나무가 '떨켜' 로서 잎과 이별을 준비하는 자리를 눈여겨 보고 있는 것이다. 그런 눈으로 보면 잎이 지는 것은 '삶의 끝' 이 아니라 새로운 꿈의 자리가 된다. 그 꿈을 품은 '떨켜' 는 '혹독한 눈보라 때도 푸른 희망' 의 보금자리가 된다. 그렇다. 인간 살이가 어떻게 날이면 날마다 따스한 봄만 계속되겠는가. 뜨거운 여름도 있고, 엄혹한 겨울도 있다. 하더라도 우리는 희망의 '떨켜' 하나쯤 가슴 깊이 간직하고 살아야 하지 않을까.

봄부터 여름까지 나무는 쉴 틈 없다
날마다 물과 영양, 가지 끝에 밀어 올려
부름켜 물관 따라서 무럭무럭 자란다

가을엔 세포층이 겹겹이 교차하여
해마다 하나씩의 둥근 연륜 그어갈 때
단단히 내면을 채워 천년 풍상 견딘다

나무는 겨울 전에 떨켜를 준비하며

스스로 잎새들을 하나둘씩 떨어낸다
인생도 일과 쉼의 때 구분할 줄 알아야

- 「나무」 전문

필자가 집을 새로 지으면서 젓가락 같은 묘목을 사다 심었다. 나무는 주인이 알아차리지 못하는 사이에 서서히 몸집을 불려 가서, 쾅하리만치 텅 비었던 주변이 날이 갈수록 좁아지면서 자기네의 푸른 세상을 만들어감을 확인했다.

시인은 지금 나무의 내면을 들여다보고 있다. '해마다 하나씩의 둥근 연륜 그어갈 때/ 단단히 내면을 채워 천 년 풍상 견딘다'고 노래하고 있다. '나무는 겨울 전에 떨켜를 준비하며/ 스스로 잎새들을 하나둘씩 떨어' 내듯이, '인생도 일과 쉼의 때 구분할 줄 알아야' 한다는 이상진식 아포리즘을 표출하고 있다.

5. 물 따라, 산 따라

살아가면서 여행은 필수적이다. 사람이 한평생을 다람쥐 쳇바퀴 돌듯 같은 길을 오가다가 죽을 수는 없는 일이 아닌가. 거리가 가깝든 멀든 날짜가 짧든 길든, 한 번씩 훌쩍 생활의 터전을 떠나 보는 것은 삶의 권태도 없애고 새로운 활력을 충전하기도 하고, 새로운 견문도 넓히는 계기가 되는 것이다. 이 장章에는 시인이 생활의 자리를 떠나 가까이, 멀리 여행에서 얻은 시편들이다.

> 순백의 별천지가 눈앞에 펼쳐졌다
> 햇살이 자작나무 수피樹皮에 반짝이면
> 가슴속 뻥 뚫린 상태 소환되는 회억 하나
>
> 나무가 불에 탈 때 자작자작 소리 내어
> 이름도 자작나무 어감도 다정한데
> 늠름히 사열하듯이 행진하고 있구나
>
> 하늘의 들꽃 정원 곰배령도 곁에 있어
> 사계절 풍광들을 형형색색 선사하는
> 천혜의 자연이 내준 순수라는 그 이름

- 「곰배령 자작나무」 전문

오래된 수필이지만 정비석은 작품 「산정무한」에서, 비
로봉 동쪽의 자작나무 숲을 보고 "설 자리를 삼가, 구중심
처가 아니면 살지 않는 자작나무는 무슨 수중공주樹中公主이
던가."라고 평했다. 하도 문장이 좋아 짧지 않은 수필 한 편
을 그냥 줄줄 외었던 기억이 새롭다. 자작나무 숲에 서면
정비석의 표현처럼 '아낙네의 살결' 같은 '순백의 별천지
가 눈앞에 펼쳐' 진다. 거기에 햇살이 비쳐 반짝이면 잠시
지난날의 '회억' 하나가 소환될 만도 하다. 시인이 찾은 자
작나무 숲은 점봉산 곰배령 부근의 숲인 것 같다. 곰배령은
하루 입산 인원을 제한할 정도로 자연 보호에 힘쓰는 지역
으로 알고 있다. '하늘의 들꽃 정원' 이라 불릴 정도로 아름

다운 곳이다. 그 곁의 자작나무 숲, 사열하듯 서 있는 모습에서 시정을 일으킨 작품이다. 인간의 발길이 잦으면 자연은 훼손되기 마련이다. '천혜의 자연이 내준 순수'를 보존하기 위해서 우리는 자연을 향하여 끊임없는 관심과 애정을 쏟아야 한다. 나무가 설 자리를 잃어가는 만큼 인간이 설 자리 또한 없어져 가는 진리를 시인은 독자들에게 일깨우고 있다.

'바람 좀 불면 어때' 눈비도 맞으면서
삶이란 이런 것을 왜 항상 불평했나
무심결 내뱉은 말들 반향되어 울린다

북풍은 차갑지만 골목은 따뜻하다
담장이 몸을 틀어 뒤껼으로 이어지듯
고택은 마음이 절로 순해지는 길이다

세월이 아니라면 알 수 없는 고아함과
사랑채 대청마루 적요가 내려앉고
수백 년 간직해 왔을 기품들이 머문다

- 「겨울, 고택에서」 전문

경주 양동마을을 다녀온 기행 시조이다. 양동마을은 우리나라 대표적 씨족 마을로 600여 년의 전통을 이어오고 있어 세계문화유산으로 등록된 마을이다. 마을이 소재한 양동리는 풍수지리학적으로 삼남 지방 4대 명당이라 전하고 있는바 그 지덕地德인지는 몰라도, 마을의 주인공인 경주 손

씨와 여주 이씨 가문에서는 수많은 과거 급제자와 독립운
동가를 배출함으로써 명문가의 체모體貌를 이어오고 있다.
대표적 인물로 손중돈과 독락당의 주인 회재 이언적을 들
수 있을 것이나.

　설명이 장황하였지만 시인이 마을을 찾은 계절은 겨울
이다. '바람 좀 불면 어때 눈비도 맞으면서/ 삶이란 이런 것
을 왜 항상 불평했나' 고 토로하고 있다. 삶의 길이란 당연
히 눈비 오고 바람 부는 것이 일상인데 그 앞에서 불평불만
을 되뇌었던 속 좁았던 자신을 돌아보며 나무라고 있다. 그
리고 '무심결 내뱉은 말들' 을 떠올리면서 자기를 책하고
있다. 현대 건축의 미는 직선의 미학이지만, 고택의 미는
곡선에 있다. 대표적인 것이 구불구불 끊일 듯 이어져 가는
골목길일 것이다. 직선으로 달려온 북풍을 곡선의 담장이
누그러뜨려 차가운 체온도 따뜻하게 하는 것이 곡선의 골
목이다. 그 '담장이 몸을 틀어 뒤꼍으로 이어지' 면 차가운
북풍도 한결 순해지듯, 거기 기거하는 사람의 마음도 절로
순해지는 것으로 보고 있다. 세월을 거슬러 올라가면 위엄
이 시퍼렇게 살아 있었을 사랑채 대청마루도 지금은 '적요
가 내려앉고', 다만 '수백 년 간직해 왔을 기품' 과 고아함
만이 머물러 있다.

> 질척이는 낯선 벌판 군화가 파묻히고
> 억센 바람 날선 추위에 판초 우의 펄럭이는
> 정찰에 나선 군인들 눈물겨운 '행군 상'

철모 아래 퀭한 눈, 쑥 꺼진 볼의 모습
피로와 공포 속에도 맡은 임무 수행하여
내 조국 대한민국의 자유 평화 지켰다

그대들 참전용사 고귀한 헌신 있어
참혹한 전쟁 끝에 오늘 내가 여기 있네
"자유란 거저 주어지는 것 아니다"
무언으로 외치네

- 「행군」 전문

이 작품 「행군」은 시인이 미국 워싱턴 D. C.에 갔을 때 알링턴 국립묘지의 KOREAN WAR MEMORIAL에 가서 그곳에 있는 한국전 참전용사 기념비를 보고 감회를 쓴 것이다. 필자도 이 행군 상 앞에서 감회를 읊은 적이 있거니와, 산 설고 물 설은 이역 땅 혹한의 한국 겨울, 전쟁터에서 정찰 중인 19인 병사의 상을 조각해 놓은 이 상 앞에서 한국인이라면 그 누가 감개가 무량하지 않겠는가.

우리의 나라꽃인 무궁화도 심어 놓고 화강암 비문에는 한국전쟁에서 전사, 부상, 실종, 포로가 된 숫자가 기록되어 있다. 또 다른 화강암 벽에는 "자유는 거저 주어지는 것이 아니다- Freedom is not free-"라는 메시지가 새겨져 있다. 긴장이 흐르는 사주경계의 모습이 여실하게 조각되어 있다.

전쟁이 끝난 지 70여 년, 아직도 우리나라의 이념 전쟁은 현재진행형이다. 전쟁의 참혹함과 굶주림의 고초를 알지 못하고 자라온 전후 세대戰後世代는 그들이 대학 시절에 잘못 들었던 마르크스 레닌주의의 미몽迷夢에서 아직도 헤어나지 못하고 현재 권력의 자리에 앉아서도 '사회주의가 뭐가 나쁘냐'고 대놓고 외치면서, 가짜 해빙海氷 무드를 조성하고 공개적으로 교회를 핍박하며 우리 안에서 '김정은 환영단'을 조직하기에까지 이르렀다. 엄청난 사회 현상의 변화 앞에서 우리들 전쟁을 겪은 세대는 할 말이 많다. 시인도 알링턴 국립묘지 '행군 상' 옆 화강암 벽에 새겨진 "자유란 거저 주어지는 것 아니다"를 인용하면서 독자에게 경각심을 일깨우고 있다.

6. 나오며

이상진 시인의 세 번째 시조집 『내려놓음, 비움』의 작품들을 소략疏略하게 살펴보았다. 이 시조집이 지금까지 시인이 펴낸 두 권의 시조집과 비교하여 확연하게 눈에 띄는 차이점은 그의 신앙 세계가 훨씬 더 깊고 넓어졌음을 확인할 수 있다는 점이다. 이 시조집에 실린 작품들은 시인이 책상 앞에 앉아서 머리로 쓴 것이 아니다. 새벽 기도에서나 삶의 자리에서의 땀과 눈물, 아니면 낯선 땅 나들이에서 새로운 만남들에 이르기까지 현장에서 생각하고 깨달은 진한 삶의 냄새가 배어 있다. 문명의 발달과 함께 물질적 삶의 질은 좋아지고 있으나 주변을 돌아보면 삶의 모습은 날이 갈수록 혼탁해지고 있다. 사람들은 인간 본연의 선성善性을 상실하여 자신과는 아무 상관도 없는 귀중한 목숨에 손상을 입혀 놓고도 미안하다는 생각도 없는 모습을 보는 자리에까지 이르렀다. 이처럼 어지러운 시대에 이상신 시인은 철저한 기독교 신앙의 바탕 위에서 작품을 통하여 현대인이 살아가야 할 바른 방향을 제시하고 있다. 문학의 교시적 기능敎示的機能 수행에 충실한 시조집이다.

청산도의 봄

이상진 작시
홍세영 작곡

Allegro

사 는게 바 쁠 때 면　　　청 산 도에 가 보 라
파 도가 연 주할 때　　　갯 돌 들의 속 삭 임

봄 봄 한 유 채꽃 - 이　　　노 랑으로 일 렁이 면　　　헝 클
봄 바 람 귓 볼스 - 쳐　　　긴 장도 잠 시 있 는　　　분 주

린 생 각들 마 저　　　바 람결 에　　　씻 - 긴 다　　　헝 클
한 삶 의쉼 표 에　　　여 유마 저　　　감 - 돈 다　　　분 주

린 생 각들 마 저　　　바 람결 에　　　씻 긴 다
한 삶 의쉼 표 에　　　여 유마 저　　　감 돈 다